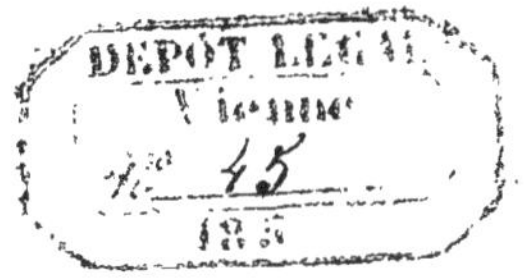

CH.-L. JULLIOT

DOCTEUR EN DROIT

De la Propriété
du Domaine aérien

Extrait de la *Revue des Idées*
(15 Décembre 1908)

LIBRAIRIE

DE LA SOCIÉTÉ DU RECUEIL J.-B. SIREY ET DU JOURNAL DU PALAIS

Ancienne Maison L. LAROSE & FORCEL

22, *Rue Soufflot, PARIS, 5e Arrt.*

L. LAROSE & L. TENIN, Directeurs

1909

DE LA PROPRIÉTÉ

DU DOMAINE AÉRIEN

DU MÊME AUTEUR

Des Transferts et Conversions de Titres nominatifs, spécialement envisagés au point de vue de l'application des règles du contrat de mariage. — Paris, Larose et Ténin, éditeurs, 1899 (10 fr.)....... .... *Épuisé*

Essai d'une nouvelle théorie sur le titre nominatif et le Transfert; conséquences pratiques, réformes proposées. Extrait de la *Revue trimestrielle de droit civil*, n° 1, 1904. — Paris, Larose et Ténin, éditeurs, 1904.. .... **2 fr. 50**

Nature juridique du Transfert des Titres nominatifs : *Stipulation pour autrui ou délégation ?* — Étude suivie d'une réponse de M. Thaller, professeur à la Faculté de Droit de Paris. Extrait des *Annales de droit commercial*, 1904, nos 4 et 5. — Paris, Rousseau, éditeur, 1904. **2 fr. 50**

De l'Insaisissabilité des Rentes sur l'État. — *Exposé documentaire du Principe et de ses applications* (Législation, Doctrine, Jurisprudence, pratique administrative.) — Extrait du *Journal des notaires*, cahier du 31 octobre 1908, art. 29.380 — Paris. *Journal des notaires*, éditeur 1908 .... **1 fr. 50**

De la production des Titres de propriété en matière d'expropriation pour cause d'utilité publique. Extrait de la *Revue de législation professionnelle*. — Paris, Marchal et Billard, éditeurs.

(En cours de publication.)

CH.-L. JULLIOT

DOCTEUR EN DROIT

De la Propriété
du Domaine aérien

Extrait de la *Revue des Idées*
(15 Décembre 1908)

LIBRAIRIE

DE LA SOCIÉTÉ DU RECUEIL J.-B. SIREY ET DU JOURNAL DU PALAIS

Ancienne Maison L. LAROSE & FORCEL

22, Rue Soufflot, PARIS, 5ᵉ Arrᵗ.

L. LAROSE & L. TENIN, Directeurs

1909

DE LA PROPRIÉTÉ DU DOMAINE AÉRIEN

—

Dominus soli, dominus cœli.

I

POSITION DU PROBLÈME. — DÉFINITION DE SES ÉLÉMENTS. —
TERMINOLOGIE PROPOSÉE.

« J'en ai la conviction profonde, disait, il y a vingt ans, l'illustre
savant J. Janssen (1) et croyez bien qu'en parlant ainsi, je ne me laisse
pas égarer par le désir de vous faire une prédiction agréable ; non,
c'est un esprit habitué à ne considérer que les éléments positifs et
certains des questions et à n'admettre que les conséquences qui en
découlent rigoureusement; c'est, en un mot, l'homme de science qui
vous parle. Eh bien, je n'hésite pas à dire que le xxᵉ siècle verra
réaliser les grandes applications de la navigation aérienne et l'atmosphère terrestre sillonnée par des appareils qui en prendront définitivement possession, soit pour en faire l'étude journalière et systéma-
tique, soit pour établir entre les nations des communications et des
rapports, qui se joueront des continents, des mers et des océans ; et
deux siècles à peine auront suffi pour obtenir ce résultat prodigieux. »

Ce résultat prodigieux est atteint. Le temps est arrivé et la pro-
phétie réalisée : la conquête de l'air est un fait accompli.

Les hommes de science ont fait leur œuvre ; que les hommes de
robe entrent maintenant en scène. La parole est aux jurisconsultes.
Or, il est un problème qui, à l'heure présente, se pose, ou, plus
exactement, dont la solution s'impose, inéluctable, c'est celle de savoir
comment seront régis les rapports des humains subitement devenus
hirondelles.

M. Quinton disait, il y a quelques mois, que cette conquête était
une révolution véritable dans la vie des peuples. C'est une révolution non seulement scientifique, mais sociale également, donc juridique. Le grand mouvement d'opinion, qui a enfanté la *Ligue natio-
nale aérienne*, et qui maintenant se laisse guider par elle, va faire

(1) *L'Aéronaute*, 1889, p. 175.

entrer dans le domaine de la pratique ce qui n'était, hier encore, que jeux icariens.

Des problèmes de droit vont naître, jusqu'alors insoupçonnés. Des procès vont surgir et les discussions se perdront dans la nue. Civilistes, mes frères, cramponnons-nous à notre Code, car s'il venait à lui pousser des ailes, nous pourrions bien nous trouver quelque peu désemparés.

Le problème est déjà posé, en ces termes, par notre confrère, le *Journal des Tribunaux de Bruxelles* (1) :

« Il n'est pas douteux que la conquête par l'homme du domaine aérien ne soulève bientôt les plus curieux problèmes du Droit.

« Lorsque, pour la première fois, planait au-dessus de Verdun le dirigeable *Patrie*, les vigilants gardiens des forteresses de la frontière allemande durent éprouver un émoi peu commun. Si, à ce moment, un docteur spécial en droit des gens se fût laissé aller à sa rêverie juridique, peut-être eussions-nous deviné, derrière son regard brillant et lointain, quelles vastes conceptions nouvelles s'agitaient dans son cerveau et quelles idées larges détruisaient en lui d'anciens préjugés.

« Lorsque, pour la première fois, le *Zeppelin* fit le tour du lac de Constance, passant successivement du Wurtemberg en Bavière, puis en Autriche et dans la principauté de Lichtenstein, de là en Suisse, pour pénétrer dans le grand-duché de Bade et revenir à son point de départ, ne pensez-vous pas qu'un contrôleur général des douanes eût pu, dans un geste de découragement, déchirer son Code de législation douanière et sentir, en son âme de fonctionnaire zélé, l'inanité des règlements, dont il avait mission d'appliquer les prescriptions ?

« En réalité, lorsque l'homme aura définitivement conquis le domaine aérien, toute une série de questions juridiques nouvelles se poseront.

« Il faudra qu'une législation nouvelle, dont les législateurs de Rome n'auront fourni aucun élément, satisfasse aux exigences de nos mœurs.

« Il faudra que l'on s'inspire souvent, en matière de Droit aérien, des prescriptions du Droit maritime, et je ne m'étonnerais pas, pour ma part, que, dans un avenir peu éloigné, les grands dirigeables aient, comme les navires, une nationalité enregistrée, que l'abordage aérien fût réglé par des dispositions que dictera la pratique de l'aéronautique, que l'on contraigne les ballons et les aéronefs à se

____

(1) Numéro du 19 juillet 1908.

soumettre à des prescriptions hygiéniques et prophylactiques analogues à la quarantaine...

« Qui doutera que, sous peu, des accords internationaux seront nécessaires, tant au point de vue douanier qu'au point de vue militaire ?

« Et n'est-ce pas que les problèmes s'élargissent comme s'étendent les horizons, au fur et à mesure que l'aviateur s'élève ? Et n'est-ce pas que tout ce que les juristes avaient érigé péniblement s'écroule petit à petit, pour peu qu'on sonde les conséquences de la conquête de l'air ?

« Les notions de propriété et de souveraineté, qui sont à la base de notre Droit, s'écroulent dès que l'on traite du domaine aérien. La règle *Terræ potestas finitur ubi finitur armorum vis*, appliquée aux couches de l'air, s'abroge d'elle-même. Droit international, Droit civil ! Un Farman qui plane au-dessus des plaines, un Zeppelin qui franchit les frontières, un Lebaudy qui domine les forteresses, un Santos-Dumont qui guide-rope le long des boulevards, vous détruisent et vous battent en brèche

« Les fourmis, que nous sommes, devront conformer leur législation à celle des abeilles.

« Justinien n'avait pas prévu qu'Icare troublerait autant le Code, le Digeste et les Institutes, et les Novelles même, à ce point insuffisantes. »

Justes Cieux ! ce n'est pas Icare qui nous trouble à cette heure, car le pauvre, lui, ne troubla guère que la surface de la mer Egée, dans laquelle il chut si piteusement.

> *Expertus vacuum Daedalus aera*
> *Pennis non homini datis.*

Ce n'est pas même son père, Dédale, qui fit mieux que Farman, cependant, puisqu'il vola de Crète en Sicile, car, malheureusement, ce grand ingénieur des temps passés ne nous a pas légué son secret. Ceux qui nous troublent ce sont ceux déjà cités et dont les noms ne seront jamais trop répétés, les Wright, les Farman, les Delagrange. Voici les grands révolutionnaires de notre temps.

Le problème juridique de la navigation aérienne est double. Il se pose, d'une part, à l'égard des habitants du sol français, dans leurs rapports juridiques entre eux et dans leurs rapports avec l'autorité publique, problème de droit civil et de droit administratif, et, d'autre part, à l'égard des Etats souverains, dans leurs rapports internationaux, problème du droit des gens

Nous n'envisagerons dans cette étude que le problème de droit civil.

Pour nous bien comprendre, il est essentiel de définir les termes dont nous aurons à nous servir. Levons donc les yeux et découpons en tranches la colonne d'air qui pèse sur nos têtes.

La terre est entourée d'une couche gazeuse, de faible épaisseur, dénommée atmosphère, présentant, jusqu'à une hauteur de 8 à 12 km., la qualité d'air respirable.

Au-dessus de cette altitude, la vie n'est plus possible. C'est un gaz, mais un gaz non respirable.

Encore plus haut, c'est l'éther, que nous appelons ainsi, faute de savoir ce que c'est.

Le tout peut se délimiter au moyen de verticales élevées sur des points donnés du sol. L'espace compris entre ces verticales constitue des volumes qui se mesurent d'après les règles de la géométrie dans l'espace. Deux choses sont donc à envisager distinctement, l'espace et le gaz qui le remplit.

Nous verrons que l'espace est susceptible de propriété, même au delà de la couche gazeuse, mais que l'air, à l'état libre, appartient à tout le monde et n'est pas susceptible d'appropriation privée. Ceci nous conduit à condamner l'expression de *domaine aérien*. Si cette expression a trouvé place dans le titre de cette étude, c'est précisément pour être clouée au pilori.

Nous la condamnons pour trois raisons :

C'est, tout d'abord, que le mot *domaine* suppose un propriétaire, et l'espace manque quelquefois de propriétaire ; tel celui qui s'élève au-dessus de la haute mer. Nous n'emploierons donc le mot *domaine* qu'autant que l'espace envisagé aura un propriétaire ; dans le cas contraire, nous proposons de dire simplement : *l'espace*.

C'est, en second lieu, comme on vient de le voir, que l'expression *domaine aérien* comprend, tout à la fois, deux choses distinctes : l'espace lui-même, le contenant, et le gaz lui-même, le contenu.

C'est, en troisième lieu, que, pour être exact, cet adjectif *aérien* ne peut s'appliquer qu'à la partie pourvue d'air, à l'exclusion de celle dans laquelle se trouvent des gaz irrespirables ou de l'éther. Or, le domaine vertical s'étend théoriquement jusqu'à l'éther inclusivement. Nous proposons donc, en ce qui concerne le contenu, de le diviser en *atmosphère* et *éther*, l'atmosphère se subdivisant elle-même en *air respirable* et *air irrespirable*.

Et, en ce qui concerne le contenant, la colonne géométrique s'élevant au-dessus d'une partie envisagée de la terre, nous l'appellerons simplement *espace*, quand nous l'envisagerons en lui-même. Quand nous l'envisagerons spécialement dans ses rapports avec son propriétaire ou possesseur, nous l'appellerons *domaine :* espace ou domaine *vertical.* S'il s'agit de la partie utilisée réellement par le propriétaire du sol on dira : *espace* ou *domaine vertical utilisé.*

Que si l'on envisage une partie simplement à la portée de l'homme, mais non utilisée actuellement, il faudra dire : *espace* ou *domaine vertical utilisable.*

S'il s'agit d'un espace pris dans la limite de l'air respirable, on le baptisera : *espace* ou *domaine vertical respirable.*

De la partie non respirable, mais encore pourvue d'air, on dira : *espace* ou *domaine vertical non respirable.*

Au delà, cela s'appelle déjà l'*éther.* De cet éther, il ne sera guère question, car il siège à une hauteur telle que nous ne pouvons actuellement prévoir qu'il s'y établisse des rapports sociaux. Les ondes hertziennes le traversent ; elles iront peut-être un jour y poser les jalons de notre future domination, mais nous n'en sommes pas encore là. Restons dans la couche d'air respirable ; nous y serons plus à l'aise.

II

DU PRINCIPE TRADITIONNEL ÉCRIT DANS L'ART. 552 DU CODE CIVIL : *Qui dominus est soli, dominus est cœli et inferorum*, ET DE SES APPLICATIONS EN JURISPRUDENCE.

Au point de vue du droit civil français, le texte fondamental, régissant les droits du propriétaire du sol sur l'espace, est l'art. 552 du Code civil, ainsi conçu :

« La propriété du sol emporte la propriété du dessus et du dessous.

« Le propriétaire peut faire au-dessus toutes les plantations et constructions qu'il juge à propos, sauf les exceptions établies au titre *des servitudes ou services fonciers.*

« Il peut faire au-dessous toutes les constructions ou fouilles qu'il jugera à propos, et tirer de ces fouilles tous les produits qu'elles peuvent fournir, sauf les modifications résultant des lois et règlements relatifs aux mines et des lois et règlements de police. »

Voilà qui est parler net : le propriétaire du sol est propriétaire *usque ad cœlum et infera.* Cela n'est pas une nouveauté juridique ; les Romains, qui n'avaient certes pas prévu la navigation aérienne, disaient déjà : « *Qui dominus est soli, dominus est cœli et inferorum.* ou plus simplement : *Dominus soli, dominus cœli.*

La tradition romaine se retrouve au moyen âge chez quelques rares auteurs, tels que Balde, au xiv[e] siècle, Barthélemy de Cepolla, au xv[c] siècle et Sébastien Medicis au xvi[e] siècle. *Aer super domum nostram debet esse liber usque ad cœlum*, disait Cepolla, et il reconnaissait à tout propriétaire d'un immeuble le droit d'agir en justice contre celui qui l'empêchait de faire usage de l'air et d'intenter contre lui ce qu'on appelait alors « l'action d'injures », absolument comme s'il s'était agi d'une atteinte à sa propre personne.

Empressons-nous de dire que ce que l'on envisage, dans l'hypothèse de l'art. 552, c'est, non pas l'air, en tant que substance gazeuse, mais bien l'atmosphère, l'espace géométrique compris dans certaines limites, lesquelles sont, ainsi que nous l'avons déjà dit, pour chaque propriété en particulier, déterminées par des perpendiculaires élevées verticalement sur les bornes mêmes du domaine terrien envisagé. La substance gazeuse elle-même, *considérée en masse dans l'atmosphère*, ne peut être possédée par personne exclusivement et ne peut être, par conséquent, l'objet d'un droit de propriété individuelle, et cela se comprend d'autant mieux que, par suite des courants aériens, cette substance gazeuse se déplace constamment. Il en est, à cet égard, de l'air, comme de la lumière, de la haute mer, de l'eau courante, envisagée comme telle dans son état de mobilité continue ; ces choses n'appartiennent à personne et l'usage en est commun à tout le monde (C. civ. 714), *res omnium communes*, comme disaient encore les Romains.

Les choses communes, en effet, par opposition aux choses momentanément sans maître, ne sont pas susceptibles d'appropriation privée. C'est ce que Cepolla, dont nous parlons plus haut, exprimait en ces termes : « *Aer ejusque usus communis est, sicut mare et littora maris et tanquam commune perpetuo in totum occupari non potest.* »

Cela ne veut pas dire que des parcelles d'air, captées par un individu et enfermées par lui dans un récipient, ne lui appartiennent pas ; elles sont bien sa propriété, et cela au même titre que l'eau courante recueillie par un marchand d'eaux minérales, en vue de l'alimentation, ou que l'eau de mer captée au large par un pharmacien, dans un but thérapeutique. Cela signifie qu'un paysan, qui permet l'accès de son champ à tout venant, ne pourrait revendiquer, comme lui appartenant, l'air recueilli par un passant, dans les limites de sa propriété, cet air ne lui appartient pas ; avant la capture, il était libre, il appartenait à tout le monde ; par le fait de cette capture, il est devenu propriété individuelle et cela, de par le fait de l'appréhension, de ce qu'on appelle, en droit, l'occupation, laquelle, dans l'espèce, est génératrice, tout à la fois, de la possession et du droit de propriété.

Ainsi, l'on peut dire que l'air n'appartient à personne privativement et que l'espace appartient, dans le sens vertical, jusqu'à l'infini, au propriétaire du sol.

Ah! mais alors, direz-vous, le bon billet qu'a ce propriétaire!

Etre propriétaire d'un espace, dans lequel il n'y a que l'air, et n'avoir privativement aucun droit sur cet air, n'est-ce pas dire qu'on est propriétaire du néant? Etre propriétaire du néant, fût-ce même jusqu'à la lune, quelle bonne plaisanterie? — Que non pas; à l'aurore de ce siècle naissant, qui, en dehors de la télégraphie et de la téléphonie sans fil, de l'aérostation et de l'aviation, nous réserve sans doute encore bien d'autres surprises, nous verrons que ce n'est pas un leurre que d'être propriétaire de l'éther jusqu'à l'infini (1).

Etre propriétaire du dessus emporte le droit de construire et de planter jusqu'à des hauteurs qui ne peuvent avoir, comme limites, que nos forces humaines et les règlements de police et d'administration, protecteurs de la sécurité publique et des droits de la collectivité.

Etre propriétaire du dessus emporte le droit, tout en conservant la propriété du sol, de céder ou de louer les espaces célestes en totalité, ou à partir d'une certaine hauteur, ou jusqu'à une certaine altitude (2).

Etre propriétaire du dessus emporte aussi, et surtout, le droit de s'opposer à ce que quiconque empiète sur votre domaine. « Le propriétaire d'un terrain, enseignent MM. Aubry et Rau (3), est propriétaire de l'espace aérien, au-dessus du sol, en ce sens qu'il peut seul en user, pour y établir des constructions et qu'il est autorisé à demander la démolition des ouvrages qui, *à une hauteur quelconque*, empiètent sur cet espace. »

C'est ainsi qu'il a été jugé, à plusieurs reprises, qu'une compagnie d'éclairage électrique n'avait pas le droit de faire passer ses fils conducteurs au-dessus des propriétés privées (4), et cela, alors même que lesdits fils passeraient au-dessus de ces héritages, sans y prendre

---

(1) V. *Journal de l'Eclairage au Gaz*, 1889, p. 251 : *Des droits des propriétaires dont les immeubles sont traversés par une canalisation aérienne destinée à la distribution de la lumière électrique ou au transport électrique de la force.*

(2) Demolombe, *Dist. des Biens*, t. I, n° 644 ; Dalloz, *Jurisprud. gén*, v° *Propriété*, n°ˢ 383 et suiv.

(3) *Cours de Droit civil français*, 5ᵉ éd., t. II, § 192, p. 281. V. dans le même sens, Laurent, *Principes de droit civil*, t. VI, p. 327, n° 248; Huc, *Comm. du Code civil*, t IV, n. 127.

(4) Trib. Tours, 19 janv. 1887; Trib. Compiègne, 19 déc. 1888; Trib. paix Lille, 15 nov. 1889, D. 1900, 2, 361.

appui, ni les toucher en aucun point. Et cela est tellement vrai qu'une loi a été nécessaire pour déroger à ce principe, en ce qui concerne le réseau électrique de l'Etat (1).

De même le propriétaire, sur le fonds duquel le balcon du voisin ou ses arbres font saillie, peut obliger celui-ci à supprimer ce balcon (2) ou à élaguer ces arbres (3), quelle que soit la hauteur à laquelle se trouvent ces saillies.

Par application de la même idée, il a été jugé (4) que le fait de tirer au vol une pièce de gibier passant au-dessus du terrain d'autrui, le tireur se trouvant même sur son propre terrain, constitue un délit de chasse, attendu que la loi du 3 mai 1844 punit la chasse *sur la propriété d'autrui* (art. 1ᵉʳ) et que la propriété d'autrui comprend l'espace situé au-dessus de ce terrain (arg. art. 11-2°).

III

CONCEPTIONS DISSIDENTES. — VARIATIONS DE LA COUR DE DOUAI. —
M. E. NAQUET ET M. FAUCHILLE

Mais cette manière de voir n'est pas indiscutée, même en jurisprudence. Sans entrer dans le détail de controverses spéciales à la chasse, qui naissent de la question de savoir si la pièce de gibier a été ou non levée sur un terrain, où le tireur avait le droit de chasse, il faut citer un arrêt de la Cour de Douai du 11 fév. 1880 (5), dont les considérants sont à retenir. « Attendu qu'il n'y a délit, d'après les dispositions de la loi, qu'autant que le fait de chasse a été commis sur la propriété d'autrui; que si, selon l'art. 552 du Code civil, la propriété du sol comprend celle du dessus et celle du dessous, il ne s'en suit pas que l'on doive nécessairement considérer comme un accessoire du sol tout l'espace qui existe au-dessus de la propriété, conséquence qu'il faudrait déduire de la loi pour reconnaître, dans l'espèce, qu'il y a eu délit de chasse..... ».

Dans l'opinion qui se rattache à cet arrêt, on soutient que l'art. 552, en disposant que « la propriété du sol emporte la propriété du *des-*

(1) Loi du 28 juillet 1885 relative à l'établissement, à l'entretien et au fonctionnement des lignes télégraphiques et téléphoniques.
(2) C. civ., 672.
(3) Alger, 18 mars 1896, D. 96, 2, 387.
(4) Paris, 15 avril 1864 (D., 80, 3, 103) ; Trib. correct. Arras, 1828, *Gaz. Trib.*, 30 oct. 1828. Trib. Corbeil, 10 déc. 1880, *Chasse illustrée*, 8 octobre 1881 ; Douai, 8 juin 1887 (S. 96, 2, 129, en sous note); Amiens, 19 fév. 1896 (S. 96, 2, 129). V. en ce sens, Perrève, *Traité des délits et des peines de chasse*, p. 262, n. 11 ; Cival, *Loi sur la police de la chasse annotée*, p. 60, n. 6; Chenu, *Chasse et procès*, p. 82, n. 3; Dumont, *Manuel juridique de la Chasse*, n° 28.
(5) S., 96., 2, 129, *ad notam.*

sus » n'entend par ces expressions que les constructions et plantations
fixées au sol et qui s'élèvent au-dessus, mais non pas le « domaine
aérien » lui-même, qui doit être rangé parmi les *res communes* insus-
ceptibles d'appropriation privée. — C'est confondre l'espace géométrique assis sur la propriété avec la substance gazeuse qui y circule,
le contenant avec le contenu ; et la Cour de Douai, elle-même, l'a
reconnu par la suite, dans une certaine mesure du moins, car elle a,
le 8 juin 1887 (1), rendu un arrêt qui remet, bien qu'imparfaitement,
les choses au point, et dont il est intéressant de rapprocher les considérants de ceux de l'arrêt du 11 fév. 1880.

« Attendu, dit ce nouvel arrêt, ou plus exactement le jugement
confirmé par adoption de motifs, que si l'air, en tant qu'élément, est
une chose non susceptible d'appropriation individuelle, il est hors
de conteste que, en tant qu'espace, *dans la limite où il est utilisable*,
il est attribué par la loi, notamment par les art. 552 et 672 du C. civ.,
au propriétaire de la surface ».

On ajoute que le propriétaire du sol a la disposition du « domaine
aérien » en ce sens seulement qu'il peut y construire et planter à
toute hauteur, mais que, s'il ne construit pas et ne plante pas, il ne
peut prétendre à un droit *exclusif et actuel* sur l'espace, droit de
nature à lui permettre d'empêcher les actes d'autrui de s'y produire,
lorsque ces actes ne lui causent aucun dommage. C'est la théorie
allemande, qui autorise l'établissement de poteaux télégraphiques sur
les propriétés privées, à condition de les placer à une hauteur telle
qu'ils ne puissent gêner l'exercice du droit de propriété (2). C'est
que, dans cette opinion, on considère le propriétaire de la surface
comme ne devenant effectivement propriétaire de l'espace que par
l'utilisation qu'il en retire, en construisant et en plantant, et au fur
et à mesure de cette utilisation seulement. C'est ce que signifient
ces mots de l'arrêt du 8 juin 1887 : « *dans la limite où il* (l'air en tant
qu'espace) *est utilisable* ».

M. E. Naquet a magistralement développé cette thèse dans une note
au Sirey sous Cass., 15 juillet 1901 (3). Selon lui, le propriétaire du
terrain a sur l'espace aérien non un droit de propriété, mais une
faculté légale. Il argumente de la place occupée par l'art. 552 dans
le chapitre II du titre II du livre II du Code civil, intitulé : *Du droit*

<hr>

(1) S., 96, 2, 129, *ad notam.*
(2) Grünwald. *La Navigation aérienne au point de vue du droit des gens et du
droit pénal.*
(3) S., 1902, 1, 217.

d'accession sur ce qui s'unit et s'incorpore à la chose. M. Naquet ne peut admettre l'*union* et l'*incorporation* de l'espace avec le sol sans un lien corporel, plantation ou construction, qui ne peut exister qu'à l'égard de choses qui se fixent sur le sol. — Nous ne voyons vraiment pas pourquoi ; le législateur dit que le propriétaire du sol est *propriétaire du dessus ;* c'est tellement catégorique et tellement clair, en même temps qu'acceptable, que nous ne comprenons pas que l'on puisse, en argumentant d'un titre de chapitre, aller à l'encontre d'une volonté du législateur si nettement formulée.

M. Naquet tente, pour sauver son système, de réfuter la distinction classique entre l'air considéré en masse et l'espace vertical. Il ne comprend pas qu'un espace n'ayant que des limites idéales puisse être susceptibles de propriété.

Nous répondrons d'abord que les limites, pour être idéales, n'en sont pas moins réelles ; ce sont des perpendiculaires élevées sur les bornes de la propriété et elles limitent l'espace aussi nettement et aussi sûrement que la ligne tracée sur le sol d'une borne à l'autre d'un champ non enclos ou que les parallèles de longitude ou de latitude qui délimitent les possessions africaines.

Quant à la question d'appropriation, que M. Naquet ne comprend qu'au moyen de travaux de maçonnerie, nous demanderons à cet éminent magistrat si ses idées n'ont pas changé depuis 1902, depuis que l'on peut utiliser l'air, non seulement pour y construire, mais pour y naviguer.

Cette conception de M. Naquet aboutit à l'approbation de l'arrêt de Douai du 11 fév. 1880, qui absout le chasseur tirant au-dessus du terrain d'autrui et elle se heurte à l'arrêt de la même cour du 8 juin 1887 qui, lui, le tient pour délinquant, dès lors qu'il a chassé dans l'espace *utilisable* du voisin.

Ainsi M. Naquet va plus loin que la Cour de Douai (nouvelle manière) : pour que l'espace aérien soit votre propriété il ne suffit pas qu'il soit *utilisable*, il faut qu'il soit *utilisé*.

Nous ne comprenons pas, dès lors, en vertu de quels principes M. Naquet peut en arriver à approuver le droit du propriétaire de faire enlever les balcons, fils électriques, branches et autres ouvrages en projection. Si le propriétaire n'a que la faculté légale de construire, le jour où il construira, il pourra exiger l'enlèvement de tout ce qui le gêne dans l'édification verticale de son immeuble. Mais, s'il ne construit pas, de quel droit pourrait-il demander l'enlèvement d'ouvrages existant dans une région sur laquelle on ne lui reconnaît aucun droit actuel? — Il le pourra en vertu du droit que lui confère l'art. 672, pourra nous répondre M. Naquet. — Mais nous lui répliquerons que cet article, qui cadre si bien avec le droit de propriété inscrit dans l'art. 552, est incompréhensible dans son système.

C'est à ce système également, ou plutôt au système le plus récent de la Cour de Douai, que paraît se ranger M. Fauchille, le savant directeur de la *Revue générale de droit international public*, qui, dans son étude sur le *Domaine aérien et le Régime juridique des aérostats*, dit qu'une chose n'est « susceptible de propriété *privée* ou publique que si elle se prête à une certaine appropriation ; pour se prétendre propriétaire d'une surface quelconque, il faut pouvoir l'occuper d'une façon réelle et continue » ; et il ajoute qu'il n'en saurait être ainsi en ce qui concerne l'air. — Que ce soit une vérité en droit international public, nous n'en saurions disconvenir et l'autorité seule de M. Fauchille nous en serait un sûr gérant, mais, en droit civil, nous ferons tout à l'heure des réserves.

IV

DE LA QUESTION DES PONTS SUSPENDUS. — COMPARAISON
AVEC LE CAS DES TUNNELS

Quoi qu'il en soit, et en attendant l'opposition de nos conceptions personnelles à ces théories, que nous qualifions dès maintenant de dissidentes, il n'est pas sans intérêt de constater, en pratique, une certaine tendance à méconnaître la portée absolue et illimitée de l'art. 552. Lorsque l'Administration des ponts et chaussées ou les Compagnies de chemins de fer établissent des ponts, viaducs ou autres ouvrages d'art, au-dessus de propriétés privées, elles ont assurément coutume d'acquérir ou d'exproprier les terrains nécessaires au support de ces ouvrages, ainsi que les emplacements libres compris sous leurs projections ; mais nous avons posé à ces Compagnies la question de savoir si elles se croiraient obligés d'exproprier le domaine aérien, dans l'hypothèse d'un pont d'une seule arche ou d'un pont suspendu, passant au-dessus d'une propriété privée, sans y reposer, les deux culées reposant sur des dépendances du domaine public ou sur des terrains appartenant à l'administration. Nous nous attendions à une réponse nettement affirmative et nous avons eu la surprise de voir invoquer l'arrêt de Douai, du 11 fév. 1880.

Consulté sur cette question, le Chef de contentieux d'une grande Compagnie de chemins de fer nous a notamment répondu que, à son avis, le propriétaire du sol « n'était en réalité propriétaire exclusif que de la fraction matériellement utilisée ou utilisable de l'espace aérien, qui recouvre son fonds et qu'en dehors de cette affectation restreinte, l'espace aérien (comme l'air lui-même) rentre dans la catégorie des choses communes, dont l'occupation ne peut donner lieu à une indemnité de dépossession. »

Cette conception peut être utilement rapprochée de l'hypothèse inverse, celle d'une occupation, par une compagnie de chemins de fer, du sous-sol d'une propriété, en vue du percement d'un tunnel. En pareil cas, on admet que le tréfonds seul peut être exproprié (1). Mais l'expropriation de ce tréfonds lui-même s'impose-t-elle dans tous les cas? — Saisi de la question, à deux reprises différentes, le tribunal des Conflits a répondu que, de l'établissement d'un souterrain, résultait, dans tous les cas, et quelle que soit la profondeur de l'ouvrage, une dépossession définitive du sous-sol occupé et que l'appréciation de l'indemnité appartenait toujours au jury d'expropriation constitué conformément à la loi du du 3 mai 1841 (2).

Mais les compagnies de chemins de fer intéressées s'inclinent difficilement devant une règle aussi rigoureuse.

Dans les deux affaires soumises au tribunal des Conflits, nous faisait remarquer le représentant autorisé de l'une de ces compagnies, l'occupation du tréfonds devait avoir pour résultat immédiat ou éventuel de priver le propriétaire de la surface de carrières exploitées ou succeptible de l'être. « On peut se demander, ajoutait-il, lorsque le percement d'un tunnel a lieu à une profondeur telle que la superficie n'en peut être nullement affectée, s'il y a réellement dépossession au sens de la loi de 1841 : passage du domaine privé d'un particulier dans le domaine public? ou si, au contraire, le règlement du dommage susceptible de résulter de cette occupation permanente du tréfonds n'est pas de nature à être effectué, *après coup*, par les tribunaux administratifs, avec cette conséquence qu'aucune indemnité préalable ne sera due, si la création du tunnel n'a été la source d'aucun dommage, d'aucune servitude pour la superficie.

« Cette théorie a été admise par la Cour d'Agen, lors de l'établissement du tunnel de Capdenac, percé par la Compagnie d'Orléans, à 72 mètres de profondeur, sous un sol planté de vignes (3). L'arrêt constate que le propriétaire de la surface n'avait été dépossédé d'aucune partie de ses immeubles par le passage du tunnel.

(1) Cass., 1er août 1866. S., 66, 1, 408.
(2) Trib. Confl., 15 avril 1857 (D., 58, 3, 3) et 13 fév. 1875 (D., 75, 3, 112).
(3) Agen, 22 nov. 1861 (D., 62, 2, 16).

« Cette théorie paraît être celle des tribunaux administratifs.

« En fait, il arrive fréquemment que l'ouverture d'un tunnel, quelle que soit sa profondeur, intercepte l'écoulement des eaux superficielles, tarit les sources, amène l'assèchement de pièces d'eau ou provoque des mouvements de terrain, toutes causes d'indemnités admises par le Conseil d'Etat comme conséquences de l'exécution des travaux publics. Aussi la compagnie préfère-t-elle régler ces sortes d'emprises amiablement avec les propriétaires des surfaces. Bien souvent, l'affaire se traite par l'acceptation, moyennant une indemnité, d'une simple servitude *non ædificandi*, dont la compagnie grève le terrain superficiel au-dessus du tunnel ; et quelquefois aussi par l'acquisition d'une bande de terrain nécessaire à la pose des poteaux télégraphiques, quand ceux-ci, trop nombreux, ne peuvent suivre la voie du tunnel. Dans cette situation, la Compagnie reconnaît au propriétaire le droit de cultiver son terrain, solution qui, tout en laissant de côté la question de principe, est certainement la plus économique.

« Nous exproprions quand, à raison du peu de profondeur, nous ne pouvons faire autrement, mais en nous limitant au tréfonds seulement. »

V

CE QUE NOUS PROPOSONS POUR EXPLIQUER ET DÉFINIR NOS DROITS SUR L'ESPACE VERTICAL. — IL FAUT DISTINGUER ENTRE LA PROPRIÉTÉ ET LA POSSESSION DE CE DOMAINE.

Cette tendance de la pratique et de certains auteurs explique des décisions telles que les deux arrêts de la Cour de Douai et celui de la Cour d'Agen du 22 nov. 1861. Mais que fait-on, dans tout ceci, de l'art. 552, qui est cependant, et quoi qu'en en dise, la charte régissant souverainement le droit dans l'espace. « La propriété du sol emporte *la propriété* du dessus et la propriété du dessous. » Que fait-on de l'art. 545, qui veut que nul ne soit contraint « de céder *sa propriété*, si ce n'est pour cause d'utilité publique et moyennant une juste et préalable indemnité » ?

L'erreur commune à tous les partisans de la limitation des droits du propriétaire sur l'espace vertical provient, à notre sens, d'une confusion entre l'idée de propriété et l'idée de possession. Vous acquérez par un acte en due forme un immense territoire non enclos, situé dans une colonie éloignée, où vous n'avez jamais mis les pieds, où vous n'avez aucun représentant, que vous n'occupez, par conséquent, ni d'une façon [réelle, ni d'une façon continue, comme le voudrait M. Fauchille. Vous serez peut-être fort longtemps avant de pouvoir aller même simplement visiter ce domaine. Peut-on vraiment dire que vous n'en êtes pas propriétaire et que vous ne le deviendrez que quand vous l'aurez occupé d'une façon réelle et continue ? — Non, assurément. Peut-on même dire que vous n'en avez pas la possession ? — Non, même pas, si du moins votre auteur avait cette possession et vous en a consenti le délaissement, avec remise des titres de propriété (C. civ. 1605). On sait en effet que, pour que la possession d'une chose soit acquise, deux éléments sont nécessaires : la détention matérielle, ce que les Romains appelaient le *corpus*, et l'intention de se comporter comme propriétaire, *animus*. On sait également, que, pour la conservation de la possession, la persistance de l'*animus* seul est nécessaire. *Animo retinetur possessio.*

Quand vous acquérez un bien, vous en devenez propriétaire dès le moment de la rencontre des volontés, mais vous n'en devenez possesseur que du moment de la délivrance ou entrée en jouissance, du moment où existe pour vous la possibilité actuelle et exclusive d'agir matériellement sur la chose (*corpus*) et du moment où vous avez manifesté l'intention de la garder comme vôtre (*animus*) (1).

Ces deux choses distinctes, que l'on nomme propriété et possession, peuvent d'ailleurs ne pas coexister. Vous pouvez être propriétaire et n'avoir pas la possession ou ne l'avoir pas encore. C'est le cas de l'acquéreur dans le temps intermédiaire entre la vente et la délivrance ou l'entrée en jouissance. C'est le cas du nu propriétaire ; c'est encore le cas de l'administration, expropriant pour cause d'utilité publique, dans le temps intermédiaire entre le jugement d'expropriation et le paiement de l'indemnité.

Ce rappel des principes n'était pas inutile pour la compréhension de ce qui va suivre.

Revenant à l'hypothèse envisagée, nous pouvons donc dire, à l'encontre de l'opinion de M. Fauchille, que le droit de propriété existe indépendamment de toute idée d'occupation ou de possession et que cette dernière peut exister sur une surface de terrain quelconque, alors même que, par suite de l'éloignement ou de l'étendue de celle-ci, nous sommes dans l'impossibilité matérielle de l'occuper d'une façon réelle et continue. La possession, dans ce cas, existe par le seul fait que nous sommes l'ayant droit et que nous avons reçu délivrance de quelqu'un, ayant ou ayant eu, à l'origine, le *corpus*, et que nous avons nous-même l'*animus*.

(1) Aubry et Rau, *op. cit.*, t. II, § 179.

Transportons ces principes dans l'espace.

L'art. 552 dit que la propriété du sol emporte la propriété du dessus. Par le seul fait que vous acquérez le sol, vous acquérez donc la propriété de l'espace, et cela de par la volonté de la loi. De par la volonté de la loi, vous êtes propriétaire, jusqu'à l'infini, de l'espace géométrique assis sur votre sol et comme les perpendiculaires élevées sur les bornes de votre propriété doivent, en raison de la sphéricité de notre planète, se rejoindre au centre de celle-ci, il en résulte que la propriété céleste va toujours en s'élargissant au fur et à mesure que l'on s'élève dans l'espace. Voilà une constatation qui semble au premier abord devoir remplir d'aise les aviateurs, propriétaires et locataires de terrains d'expériences ; au fur et à mesure de leurs progrès ascensionnels, ne seront-ils pas, de la sorte, assurés de voir s'étendre, dans le sens horizontal, les limites de leur domaine, et cela dans des proportions n'ayant pour limites que cette force ascensionnelle elle-même ? — Oui ; c'est vrai théoriquement, mais ceci est proprement du domaine de la fantaisie, car, si l'on prend la peine de comparer, l'un à l'autre, le rayon de la terre, qui est de 6.350 kilomètres environ et l'épaisseur de la couche d'air respirable, qui est de 8 à 12 kilomètres, on se rend aisément compte du caractère tout à fait négligeable de ce côté de la question.

De cette constatation nous retiendrons donc simplement ceci, c'est que nous sommes propriétaires en hauteur jusqu'à l'infini.

Mais ce n'est là qu'une question de *propriété*.

Question de *possession* maintenant :

En ce qui concerne l'espace, dans lequel baignent vos constructions et plantations et jusqu'à la hauteur au moins de celles-ci, il est incontestable que vous en avez la possession, *corpore* et *animo*, tout à la fois. Mais plus haut, mais à l'infini, jamais ni vous, ni vos auteurs n'ont fait acte de possesseurs sur ce domaine théorique ; jamais ils ne l'ont appréhendé et n'ont manifesté l'intention de le considérer comme leur chose. C'est bien à vous en toute propriété, puisque la loi vous l'a donné, mais vous n'en avez pas la possession ; vous n'aurez cette possession que le jour où vous l'appréhenderez, avec l'intention de vous l'approprier et jusqu'à la hauteur où vous aurez élevé cette prétention.

Pour l'*animus* pas de difficulté. Mais en ce qui concerne la prise de possession matérielle de l'espace, comment pourra-t-elle avoir lieu ? Elle pourra incontestablement se manifester par l'édification de constructions ; le jour où, avec la permission des règlements de police, il me plaira d'édifier un gratte-ciel à l'instar de ceux du nouveau continent, ma possession s'élevera à des hauteurs inconnues jusqu'à ce jour. Elle se manifestera de même par l'édification d'ouvrages d'art, si légers soient-ils. Quatre mâts de haute taille, aux quatre coins de votre champ, seraient suffisants pour constituer une prise de possession matérielle très caractéristique.

Il en serait de même de l'installation d'un ballon captif sur votre héritage ou de petits ballonnets également captifs, ayant leurs points d'attache sur les bornes de la propriété.

L'installation d'un champ d'expériences pour l'aviation et l'habitude que vous auriez contractée de vous élever dans les airs avec votre aréoplane et d'évoluer au-dessus de ce champ vaudraient-elles prise de possession du domaine vertical jusqu'à la hauteur des vols habituels ? — Théoriquement nous le croyons ; nous croyons même que, cette possession, vous l'acquérez par le fait d'un seul vol et qu'une fois le *corpus* initial acquis, vous conservez *animo tantum* la possession de ce domaine. Mais, vraiment, cette possession est une possession purement illusoire ; ne se révélant par aucun signe extérieur, quant à sa hauteur, du moins, elle ne serait pratiquement pas opposable aux tiers de bonne foi, dont les oreilles n'auraient pas recueilli le bruit de vos exploits.

Pratiquement donc, il faut dire que la possession de l'espace, pour être opposable et suceptible de sanction, doit être notoire ou se révéler par un signe extérieur, serait-ce même un vulgaire écriteau aux caractères suffisamment gros pour être lisibles, écriteau dans le genre de celui que le maire de Colombus (Etat d'Ohio) vient de faire apposer sur le plus haut édifice de sa ville, pour en révéler le nom aux chemineaux aériens.

Mais quel est l'intérêt pratique de cette distinction entre l'espace, dont nous avons la possession, et l'espace, dont nous n'avons que la propriété, sans avoir la possession ? L'intérêt consiste dans ce fait que, le droit de propriété étant absolu, l'exercice de ce droit sur les parties possédées doit être, lui aussi, absolu et par conséquent exclusif de la jouissance des tiers.

S'il s'agit d'une partie du domaine aérien, dont vous avez la possession ou jouissance, vous pourrez toujours, soit au pétitoire, soit ou possessoire, faire cesser la jouissance des autres, se manifestant par des troubles apportés à votre propre jouissance ; vous pourrez exiger de quiconque l'abstention de tout acte de nature à diminuer votre paisible usage de l'espace utilisé par vous ; vous pourrez vous opposer à la circulation de dirigeables ou aéroplanes dans vos cours ou jardins entourés de murs ou pourvus de constructions; ou dans l'espace marqué ou limité par des ballons captifs, ou encore dans les limites du champ de manœuvres, où vous vous livrez à des expériences d'aviation, pourvu, dans ce dernier cas, que votre possession soit notoire ou révélée par des signes extérieurs.

Prenons d'abord l'hypothèse de propriétés bâties. Personne ne conteste que vous avez la possession de l'espace jusqu'au toit. Mais votre possession s'arrête-t-elle là exactement? Nous ne le pensons pas. Les habitants d'une maison ayant besoin, pour vivre, d'air et de lumière, nous pensons que la possession de l'espace, faute de pouvoir s'étendre en largeur, limitée qu'elle est par le droit du voisin, se propage à une certaine hauteur, au-dessus du sommet de l'édifice. Par la lucarne de sa mansarde, Jenny n'a-t-elle pas droit à tout le jour, tout le soleil, tout l'air qui sont nécessaires à son existence... et à celle de ses fleurs? Malgré toute sa résignation, ne serait-elle pas fondée à se plaindre, elle qui, à la richesse, si l'on en croit la chanson, « préfère ce qui lui vient de Dieu », à se plaindre, disons-nous, si, à quelques mètres au-dessus de sa lucarne, venait à stationner un dirigeable ou un aéroplane de grandes dimensions, un de ces monstres de l'avenir, auxquels nous donnerons un jour le nom d'*aérobus?* Ne pourrait-elle pas dire qu'on lui prend son soleil et sa lumière, que les odeurs de pétrole viennent vicier son air, que le bruit du moteur l'étourdit et met en fuite les passereaux de sa gouttière, que l'on plonge enfin chez elle de façon fort indiscrète? Non, la possession de l'espace ne s'arrête pas à la crête du toit. La possession n'est pas toujours une appréhension manuelle ; nous prenons possession de l'espace par la vue, l'odorat, l'ouïe, par nos sens, en un mot, par notre rayonnement, si vous le préférez. Il y aurait inconvenance et presque injure, sur une route largement ouverte, non seulement à vous frôler au passage, mais même à venir vous croiser à une distance de deux ou trois centimètres.

De même, le propriétaire d'une terrasse ne peut-il pas dire que sa possession s'étend, sinon jusqu'à la limite de perception de ses sens, du moins jusqu'à une hauteur telle que l'usage, que pourrait s'en arroger l'aéronaute, ne vienne pas s'opposer à l'usage de celui qui l'a juridiquement en propre.

Cependant, direz-vous, l'automobile, qui passe jour et nuit dans la rue, à un mètre de ma fenêtre, vient bien troubler mon repos, vicier mon air, et on ne me reconnaît pas le droit de me plaindre. — Sans examiner la question de savoir s'il n'y a pas des cas où vous pourriez vous plaindre, nous répondrons que la situation n'est pas la même. L'automobile passe sur la voie publique, dont l'usage est à tout le monde ; c'est une voie construite en vue précisément de la circulation des véhicules ; l'automobile use d'un droit ; vous ne pouvez pas invoquer contre lui l'art. 1382 du Code civil ; et aussi bien, jusqu'au jour où des règlements de police viendront l'interdire, reconnaissons-nous aux dirigeables et aéroplanes le droit de circuler, non seulement au-dessus des routes et rues du domaine public, mais même dans les rues, entre les deux rangées de maisons, quelque incommodité qui puisse en résulter pour les habitants riverains et la circulation elle-même. Mais il n'en est pas de même de la circulation aérienne, qui se fait à travers votre domaine ; ce domaine, si vous l'utilisez, ne doit pas être accessible à tout le monde. Voilà à quelle conclusion nous aboutissons logiquement ; nous aboutissons à dire qu'au-dessus du domaine construit, au-dessus même des plus hauts édifices, il existe une zône minima, dont nous avons la possession, de par l'usage et dans la limite de l'usage que nous en faisons.

La limite de cette zône sera forcément très variable. Nous venons d'envisager l'hypothèse d'un immeuble possédant un dernier étage habité et pourvu de châssis à tabatière ; dans ce cas, l'usage en hauteur se fera dans une plus grande mesure que si votre immeuble, au lieu d'être mansardé, possédait un simple grenier à étendre le linge ou même pas de grenier du tout.

S'il s'agit d'une maison d'habitation avec jardin, serait-il admissible qu'une machine volante vînt stationner à quelque 20 m. en l'air au-dessus de votre domaine, alors que vous et vos invités prenez tranquillement le café sur votre terrasse ?

S'il s'agit d'espaces non construits, non habités, par conséquent, la situation n'est pas la même. La jouissance du cultivateur sur son champ ne s'étend guère qu'à quelques mètres au-dessus de sa tête, quand il laboure ou ensemence. Tant qu'il n'aura pas planté de hauts arbres, élevé des constructions, transformé son champ de luzerne en champ de manœuvres pour aviation, il ne pourra guère interdire la circulation presque jusqu'à rez de terre, du moins s'il n'est pas actuellement dans son champ et si aucune gène ni aucun dommage ne lui est causé.

Au point de vue pénal, il n'est interdit, sous peine d'amende, de circuler sur le terrain d'autrui (terrain nos clos s'entend), que lorsque ce terrain est préparé ou ensemencé (C. pén. 471 § 13) et la peine est aggravée lorsque le délit se produit au moment où le terrain est chargé de grains en tuyaux, de raisins ou autres fruits mûrs, ou voisins de la maturité (C. pén. 475-9°). Mais il n'y a aucune pénalité lorsque le passage a eu lieu par suite de nécessité. C'est ainsi qu'il a été jugé que la descente d'un ballon sur un terrain ensemencé ne donne lieu a aucune peine de police, lorsque la descente sur ce terrain s'est effectuée non volontairement, mais par force majeure.

En Angleterre, la circulation sur les propriétés rurales est libre ; le droit pénal n'admet pas qu'il y ait délit dans le fait de traverser les champs même clos, si du moins la clôture est une barrière mobile non pourvue de serrure. Souvent, des écriteaux sont apposés : « Défense de passer, Défense de traverser ce champ » ; les Anglais, conscients de leurs droits, traversent quand même ; ils savent qu'ils ne peuvent être poursuivis que s'ils commettent réellement un délit; mais le point de vue pénal et le point de vue civil sont distincts. Un propriétaire peut toujours, au point de vue civil, interdire l'accès de son champ, même lorsque celui-ci n'est ni préparé ni ensemencé. Mais pour parvenir à ce résultat, il n'a guère, en fait, comme moyen pratique à sa disposition, que la possibilité de le clore ou de le garder jour et nuit, et encore toute atteinte portée à son droit souverain par un circulation induc se résoudrait en dommages-intérêts et quels dommages et intérêts pour un préjudice en somme purement théorique !

Ce que l'on peut dire de la circulation sur terre s'applique à la circulation aérienne. Au-dessus des terrains non habités, la circulation, même à des hauteurs peu élevées, peut être considérée comme libre, en fait comme en droit, et si l'atterrissage volontaire par une machine volante, maîtresse de sa direction, est répréhensible au point de vue pénal et au point de vue civil sur un champ préparé et ensemencé, il échappe à toute sanction pénale sur un terrain non préparé et non ensemencé et la sanction civile ne peut être que proportionnée au préjudice causé. En cas de force majeure, point de sanction pénale, même sanction civile.

Voilà pour la circulation dans la partie de l'espace possédée par les habitants de la terre. Que dire maintenant de la zone illimitée qui s'étend au-dessus de nos têtes, à une hauteur telle que nous ne pouvons plus prétendre en avoir actuellement la possession? Cette situation est nouvelle en droit. Nous avons vu qu'il était des cas où la possession pouvait appartenir à l'un et la propriété à l'autre, mais il est sans exemple, à notre connaissance du moins, qu'il se soit déjà pratiquement présenté un cas de propriété appartenant à quelqu'un, alors que la possession n'appartiendrait à personne ou appartiendrait à tout le monde. Nous connaissions les choses communes au point de vue de la propriété, nous ne connaissions pas encore les choses communes au point de vue de la possession ; c'est une nouveauté juridique que fait surgir le problème de la navigation aérienne.

Selon nous, sur cette zone qui est notre propriété, mais dont nous n'avons pas l'actuelle possession, nous pourrons interdire tout empiètement portant atteinte à notre droit de propriété, mais nous ne pourrons élever aucune objection à un usage ou même à une occupation de fait.

Il y a là à faire une distinction un peu semblable à celle que l'on fait pour le bail entre le trouble de droit et le trouble de fait. En principe, le bailleur n'a pas à se préoccuper du trouble de fait, dont le locataire seul, investi par procuration de la possession de la chose louée, peut seul se plaindre. Ici, la personne investie par procuration de la possession de l'espace c'est tout le monde. Le propriétaire ne peut donc se plaindre, si tout le monde en use, si tout le monde y circule, en ballon libre, en dirigeable, en aéroplane. L'espace que le propriétaire ne possède pas, tout le monde peut, en fait, le posséder, jusqu'au jour de l'édification d'un gratte-ciel.

Dans ces divers cas, il y a un usage de fait, mais peut-on vraiment même dire qu'il y a un trouble de fait ? — Non, même pas ; il n'y a trouble d'aucune sorte, puisque le propriétaire n'use pas et ne se trouve aucunement incommodé par l'usage d'autrui. Mais dans le cas contraire, celui où il serait causé un dommage à la propriété du dessous, malgré l'absence de possession, nous reconnaîtrons au propriétaire le droit de poursuivre la réparation même d'un trouble de fait, de même qu'un bailleur peut poursuivre la réparation d'un dommage de fait causé à son immeuble malgré qu'il se soit dessaisi de la possession entre les mains d'un locataire (1).

La compagnie d'aviation vient d'acquérir, entre Juvisy et Savigny-sur-Orge, un terrain de 100 hectares, en vue de l'installation d'un aérodrôme. Les aéroplanes auront-ils le droit d'évoluer au-dessus des champs environnants? Nous n'hésitons pas à répondre par l'affirmation, à la condition de se tenir à quelques mètres de hauteur, de façon à ne pas gêner le laboureur.

Et si, un dimanche, alors que la Compagnie d'aviation organise des épreuves sportives, une société concurrente venait à organiser, elle aussi, un concours, au-dessus même de cet aéro-

______

(1) Comp. Guillouard, *Du Louage*, t. I, n. 164.

drôme, mais à une hauteur très supérieure à celle atteinte jamais
par les machines volantes de ladite compagnie? Celle-ci pourrait-
elle se plaindre ? — En principe, non. Elle ne pourra, selon nous,
interdire l'accès de son domaine à la flotte ennemie qu'en prenant
de cet espace litigieux une possession notoire ou visible ; elle devra
donc élever publiquement ses aéroplanes jusqu'à la hauteur en question, ou garder son domaine au moyen de ballonnets ou de mâts
suffisamment élevés.

Donc, circulation libre en fait et en droit au-dessus de l'espace
possédé par le propriétaire. Voilà un premier point d'acquis.

Mais de ce que nous disons circulation libre, nous ne disons pas
prise de possession libre, et encore moins, empiétement libre sur la
propriété, car si les actes des tiers revêtaient ce caractère, il y aurait
bien quelque chose d'analogue au trouble de droit et, dans ce cas, le
propriétaire aurait à défendre non seulement sa possession éventuelle,
mais son droit de propriété actuel et intangible.

Un riche propriétaire qui voudrait faire construire, pour son usage
particulier, une tour métallique reposant sur quatre pieds, à l'image
de la Tour Eiffel, ou mieux encore sur quatre colonnes verticales, ne
pourrait pas se contenter d'acquérir quatre parcelles de terrain, sur
lesquelles il édifierait les quatre pieds du monstre; il devrait acquérir
toute la superficie coiffée par l'édifice ; car, sans cette précaution, il
empiéterait sur le domaine vertical correspondant à cette superficie,
et cela, alors même que la première plate-forme de son édifice dépas-
serait en hauteur la partie utilisée du domaine inférieur.

L'hypothèse peut comporter des variantes : Supposez, par exemple,
qu'il prenne fantaisie à votre voisin, propriétaire de plusieurs parcelles de terrain disséminées autour de votre domaine, d'installer un
ballon captif exactement au-dessus de votre jardin, et de maintenir
ce ballon à poste fixe au moyen de cordages, le reliant à différents
points situés sur les parcelles lui appartenant; il n'est pas douteux
que vous aurez le droit d'exiger l'enlèvement du ballon, de ses cordages et de ses autres accessoires au même titre que des constructions dont il vient d'être question. Dans l'espèce, vous vous trouve-
riez en présence d'un ouvrage édifié sur votre propriété et vous auriez
incontestablement le droit, en invoquant votre seule qualité de propriétaire, d'en exiger la suppression, sans même avoir à démontrer
qu'il vous est causé de ce chef un préjudice. Vous auriez ce droit, alors
même que le ballon serait tellement élevé et les points d'attache tellement écartés que ballon et cordages n'empiéteraient sur votre domaine

qu'à une hauteur dépassant la zone réellement possédée par vous.

Est-ce à dire qu'une pareille installation pourra être considérée comme un immeuble? Plus simplement demandons-nous si un ballon captif doit être considéré comme meuble ou comme immeuble. Tout d'abord il est impossible de le considérer comme immeuble par nature, car, bien que captif, il lui manque cette fixité, cette *immobilité*, disons le mot, qui constitue l'essence de l'immeuble par nature. M. Planiol définit les immeubles : « des choses qui ont une situation fixe », et le même auteur fait remarquer que « les constructions dites volantes, qui sont établies à la surface du sol, pour être ensuite réédifiées ailleurs et ainsi de suite de place en place, telles que les baraques de foire, la tente d'un cirque de passage, ne sont pas immeubles puisque ces édifices légers n'ont pas de place fixe. Ils sont meubles, alors même qu'on leur donnerait une certaine adhérence au sol à l'aide de cordages et de piquets pour résister aux coups de vent ».

Nous ne pouvons que nous rallier au sentiment de l'éminent professeur de droit civil, bien qu'il soit permis de constater que le flexible roseau, jouet des vents, lui aussi, est immeuble tant qu'il tient à la terre; nous croyons difficile de dire qu'un ballon captif est un immeuble par nature. Si nous le disions, nous serions obligé d'admettre, dans le cas d'un industriel promenant, de champ de foire en champ de foire, un ballon captif, que ce personnage, louant un champ dans une localité, pour y installer son ballon, devrait le laisser au propriétaire du champ à l'expiration du bail. C'est tout à fait inadmis_ sible pour le ballon comme pour une entreprise de chevaux de bois.

Mais au moins le ballon captif peut-il, eu égard à l'intention du propriétaire qui l'installe, devenir immeuble par destination? Nous n'hésitons pas à répondre par l'affirmative, si les conditions exigées par la loi se trouvent réunies, à savoir : l'installation par le propriétaire même de l'immeuble d'un ballon lui appartenant, dans l'intérêt du fonds, c'est-à-dire pour le service, l'exploitation, l'utilité ou l'ornement de ce fonds.

Il viendra sans doute un jour où les immeubles de luxe seront pourvus de terrasses aux lieu et place de toits et, sur chaque terrasse, tel un étendard, se dressera, majestueux, un ballon captif, aux couleurs de son propriétaire, pour marquer aux voyageurs aériens l'emplacement de la noble demeure. Eh bien, il n'est pas douteux, si ce ballon appartient au propriétaire même de l'immeuble, qu'il deviendra lui-même immeuble par destination.

Nous allons même plus loin; nous dirons qu'un ballon libre, un dirigeable ou un aéroplane, pourra devenir immeuble par destination si, appartenant au propriétaire de l'immeuble, il est affecté par celui-ci au service dudit immeuble. Dans l'avenir, les ascenseurs seront peut-être remplacés par des ballons ou des aéroplanes. Il n'est pas douteux que ceux-ci devront alors être considérés comme immeubles par destination.

Mais si le ballon (captif ou libre) n'appartient pas au propriétaire ou est affecté à un service autre que celui de l'immeuble, il va de soi, qu'il ne pourra pas être considéré comme immeuble.

Les conclusions que l'on pourrait tirer du caractère immobilier de certains ballons captifs seraient nombreuses, mais elles seraient faciles à déduire et d'un intérêt qui n'apparaît pas comme immédiat.

La seule constatation qu'il nous paraisse intéressant d'enregistrer au passage, c'est que les ballons captifs, lorsqu'ils seront considérés comme immeubles par destination, ne pourront pas être assimilés à des édifices. Nous estimons, en conséquence, qu'en aucun cas les art. 678 et suiv. du Code civil ne leur seront applicables. Ces articles déterminent en effet la distance que le propriétaire doit laisser entre sa construction et la limite de l'héritage, lorsqu'il édifie un immeuble pourvu de fenêtres ou vues sur le voisin.

Le cas de constructions ayant seul été prévu, vous pouvez installer à demeure un ballon captif dans votre cour, même tout proche de la limite, monter dans la nacelle et toute la journée regarder chez le voisin, sans que celui-ci puisse vous en empêcher, à moins qu'il ne démontre qu'il y a eu de votre part abus de votre droit de propriété et qu'il ne puisse faire admettre par les tribunaux, comme l'a déjà fait la Cour de cassation (1), que le droit de jouir et de disposer de sa chose de la manière la plus absolue est tempérée, dans son exercice, par l'obligation naturelle et légale de ne causer aucun dommage au droit d'autrui.

Ceci nous promet pour l'avenir des querelles de voisinage assez peu banales. Mais, fort heureusement, l'avenir n'est pas aux susdits ballons captifs, mais aux machines volantes. C'est elles qui bouleverseront nos lois et c'est elles qui nous obligeront souvent sans doute à reprendre la plume pour peser juridiquement tout à la fois leurs méfaits et leurs bienfaits et aussi, peut-être, pour les défendre contre la fourche des paysans.

(1) Cass., 17 avril 1872, S., 72, 1, 76.

POITIERS

IMPRIMERIE DE *LA REVUE DES IDÉES*

(BLAIS ET ROY)

7, RUE VICTOR-HUGO, 7

LA

REVUE DES IDÉES

PUBLIE

Dans son N° du 15 Janvier 1909

La

Navigation aérienne

et le

Planement des Oiseaux

PAR

M. E. ESCLANGON

PROFESSEUR A L'UNIVERSITÉ DE BORDEAUX

DIRECTEUR DE L'OBSERVATOIRE DE FLOIRAC

Le N°: 2 francs